AF252617

LE
COMTE DE LORGES,
PRISONNIER
A LA BASTILLE
PENDANT TRENTE-DEUX ANS;

Enfermé en 1757, du temps de Damien, & mis en liberté le 14 Juillet 1789.

Libertas, quæ fera tamen refpexit inertem,
. . . .
Refpexit tamen, & longo poft tempore, venit.

V I R G.

SECONDE ÉDITION.

Se diftribue à Paris,

Chez les Marchands de Nouveautés.

Septembre 1789.

AVIS DE L'ÉDITEUR.

Parmi les Prisonniers que la Bastille renfermoit dans ses murs, & qui furent mis en liberté le 14 Juillet dernier, on remarqua avec surprise un Vieillard, dont la barbe descendoit jusqu'à la ceinture, respectable par les maux qu'il a soufferts, & par la longueur de sa captivité. Cet infortuné étoit le Comte DE LORGES; il fut conduit à l'Hôtel-de-Ville, après la prise de la Bastille. C'est là que je le vis pour la première fois, & j'eus la satisfaction de l'accompagner jusqu'à l'Hôtel, où on le déposa. Ses discours se ressentoient du trouble, où la révolution l'avoit jetté; il maudissoit de Sartines, prétendoit qu'il étoit fils d'un Valet-de-Chambre, & que c'étoit lui qui, pour de l'argent, l'avoit précipité dans cet abîme de maux d'où on venoit de le tirer. Il disoit aussi, que le Château de Vincennes étoit le lieu où il avoit été détenu pendant si long-tems, & son étonnement fut extrême, lorsqu'on lui eut appris que c'étoit de la Bastille qu'il venoit de sortir, & nous eûmes de la peine à l'en persuader ; ce qui nous fit soupçonner qu'il existoit un souterrain qui communiquoit de Vincennes à la Bastille, & qu'on auroit fort bien pu le transférer d'un Château dans un autre.

J'obtins la permission d'aller le revoir, j'en profitai ; il me raconta l'histoire de sa détention, & me promit de me détailler les autres circonstances de sa vie. Des affaires m'appellèrent à la Campagne ; de retour, je n'eus rien de plus pressé que d'aller voir le Comte de Lorges ; j'appris avec douleur que las de vivre avec une génération qui lui étoit inconnue, il avoit demandé à la Nation une retraite où il pût finir paisiblement sa carriere, & que sa demande lui avoit été accordée ; & voilà pourquoi je ne donne au Public que l'histoire de sa détention.

LE PRISONNIER

A LA BASTILLE

PENDANT TRENTE-DEUX ANS.

NATION fenfible & généreufe, qui avez fait luire pour moi l'aurore de la liberté, vous faurez les maux que j'ai foufferts, vous faurez comment, pour avoir eu le malheur d'offenfer une Courti-fane fameufe, Maîtreffe du plus Defpote des Rois, j'ai été jetté dans un noir cachot, comme le plus grand fcélérat. Vous avez brifé les chaînes du Defpotifme, vous êtes libres & jamais Peuple ne fut plus digne de l'être.

Pompadour règnoit en France; elle feule faifoit les Miniftres, nommoit les Généraux & difpofoit généralement de toutes les Places du Royaume; Un pofte venoit-il à vaquer? les Courtifans l'obte-

A 3

noient à force de baffeffes & d'humiliations. L'honnête homme aimoit mieux languir dans l'obfcurité, que de venir au milieu d'une Cour corrompue, faire lâchement fa cour & mendier une grace à une Proftituée. Bernis, pour un Quatrain infipide, eft parvenu aux dignités les plus éminentes de l'Eglife. Un abus auffi criant me révolta, mon ame s'en indigna, & j'ofai confier au papier les fentimens qui m'animoient.

La Vérité, cette fille augufte du ciel, bleffa des yeux qui n'étoient point accoutumés à la voir; mon écrit déplut, j'avois dévoilé les manœuvres infidieufes de la Favorite, j'avois démafqué fes indignes Partifans : tel fut mon crime, & dès-lors ma perte fut affurée.

Sartines, de glorieufe mémoire, fut chargé d'exécuter des ordres Miniftériels; il fut enchanté de la commiffion, parce que ma plume ne l'avoit pas ménagé ; auffi lâcha-t-il contre moi une meute de Sbires infernaux, qui vinrent fe faifir de ma perfonne.

Je fortois d'entre les bras du fommeil, des fonges affreux en avoient altéré la douceur, & ne m'avoient laiffé jouir d'aucun repos; j'avois vu l'Ange de la mort planer fur ma tête, & me menacer de fon glaive étincellant ; il étoit même prêt à me frapper, lorfque je fus réveillé en furfaut

par les coups redoublés, que j'entendis à ma porte.
Un brigand, à la tête de sa troupe, s'élance, & au
nom du Despote, il ose porter sur moi une main
sacrilège. Je frémis! mon premier mouvement fut
de résister, mais foible & sans armes, je vis qu'il
étoit inutile de m'opposer à la force. On m'en-
traîne, & on me force d'entrer dans une voiture
qui me conduit à la fatale prison.

Quel étoit mon crime ? L'élan d'une ame Ré-
publicaine, qui souffre de voir le vice triompher,
& la vertu en bute aux traits de la persécution.

J'arrive à ce monument, élevé par le Despo-
tisme, j'y entre, le pont-levis s'abaisse, & je me
vois enterré tout vivant dans une prison. J'étois
recommandé au Gouverneur ; il avoit ordre de
ne me laisser parler à personne, & de me renfer-
mer dans le cachot le plus noir.

Deux jours se passent sans voir aucun être vivant, si ce n'est le Guichetier qui m'apportoit du
pain & de l'eau. Le troisième jour, j'entend l'é-
norme porte de mon cachot rouler sur ses gonds.
Un frisson involontaire s'empare de tout mes sens.
Ayant entendu parler des horreurs qui se commet-
toient secrettement dans ce fort infernal, je crus
que mes ennemis alloit terminer ma triste carrière.

On me conduit devant un Tribunal de Sang,

Sartines siégeoit sur les lys & m'interrogeoit. Jamais le mensonge n'a souillé mes lèvres, & la vérité sortit toute pure de ma bouche. Sa première question fut de me demander si véritablement je m'appellois le Comte de Lorges? Je lui répondis que oui.

La seconde, si j'etois l'Auteur d'un livre qu'il me représenta, où l'on se permettoit, disoit-il, les invectives les plus sanglantes contre la Cour & ceux qui la composoient ?

Je lui répondis que oui: ajoutant qu'on ne devoit point appeller invectives des faits connus de tout le monde.

La troisième, quel étoit le nom de l'Imprimeur dudit livre?

Je lui répondis, que connoissant l'Auteur, il lui étoit inutile de connoître l'Imprimeur; d'ailleurs qu'ayant promis de ne jamais le nommer, aucune puissance humaine ne me forceroit de le faire.

La quatrième, pourquoi & dans qu'elle intention j'avois composé ledit livre ?

Réponse. Que je n'avois de compte à rendre de mes intentions qu'à l'Etre Suprême.

Mon Juge termina son interrogatoire en me disant, Monsieur, vous ne vous plaindrez point, puisque vous-même vous venez de vous accuser coupable. Je ne daignai point répondre à ce qu'il venoit de me dire. Pendant qu'on redigeoit le procès-verbal, je levai les yeux machinalement fur le plafond de la falle, j'y apperçus une trappe....

Bien des perfonnes m'ont connu avant ma détention, quelques-unes exiftent encore, aucune, fans doute, n'a jamais foupçonné mon courage, & ne m'a cru capable de lâchété : la Nature a donc horreur de la deftruction, puifque j'avouerai que je ne fus pas maître d'un tremblement univerfel à la vue de la trappe fatale ; mon fang fe glaça dans mes veines, & mes cheveux fe dreffèrent fur ma tête. Le Magiftrat ne fit pas femblant de s'appercevoir de mon trouble, & me fit reconduire dans mon cachot.

Pendant deux mois j'attendis de jour en jour l'heure de ma délivrance, mais en vain : je croyois, dans la fimplicité de mon ame, que le féjour que j'avois fait dans ce Fort redoutable, devoit plus qu'expier la faute d'avoir fait parler la vérité. Infortuné que j'étois, je ne favois pas que la moindre offenfe, faite au pouvoir arbitraire, eft toujours fuivie de la plus terrible vengeance.

Trois ans s'étoient déjà écoulés, & mes fers, loin de s'alléger, pefoient encore davantage fur mon individu ; le défefpoir dans le cœur, je tentai de les brifer : plus l'entreprife étoit périlleufe & difficile, plus je m'obftinai à vouloir la mettre à exécution. Toute communication au-dehors m'étoit fermée par une triple grille de fer, & une double porte, également de fer, me défendoit toute issue pour le dedans. Ces difficultés, presqu'invincibles, ne me rebutèrent point; & je ne désespérai point de parvenir à me pratiquer une sortie à travers les redoutables barreaux.

Des chevilles de fer, tournées en vis, soutenoient le bois de mon lit, je les apperçus, & j'en fis usage de la manière suivante. Ces vis, ayant des aspérités raboteuses, présentent la forme d'une lime, je m'en servis donc pour corroder les barreaux. Mes premières tentatives n'eurent pas beaucoup de succès, & l'ouvrage n'avançoit que très-foiblement; cependant avec de la patience on vient à bout de tout, & j'avois déjà la satisfaction de voir deux grilles percées, lorsque je fus surpris dans mon ouvrage par un Porte-Clef, qui me dénonça au Gouverneur, & l'on me transféra dans un autre cachot où l'on m'ôta toute espèce de ressource pour briser mes fers.

Quel étoit donc votre dessein, me dira-t-on, si vous étiez parvenu à vous pratiquer une issue à travers les grilles?

J'aurois fait une corde avec mes draps, ma couverture & mes vêtemens, je l'aurois attaché à un barreau & je me serois laissé couler le long de la corde; ensuite m'abandonnant à la Providence, je ferois tombé dans les foſſés ; peut-être ma chûte n'ayant point été dangereuſe, j'aurois pu m'évader à la faveur de la nuit. Peut-être auſſi la mort auroit été la ſuite de mon imprudence ; mais alors mes fers étoient briſés,& mes maux finis pour jamais.

Les années s'écouloient & n'apportoient aucun changement à mon ſort ; triſte & abattu, je coulois mes jours dans l'amertume & le chagrin, maudiſſant le Deſpotiſme & ſes cruels Miniſtres.

Après une captivité auſſi longue & auſſi rigoureuſe, l'Être Suprême a pris en pitié ma deſtinée malheureuſe, & n'a pas permis que je finiſſe ma carrière au fond d'un cachot : des décrets éternels avoient décidé que la Nation Françaiſe, après un ſommeil léthargique de plus de quatre ſiècles, ſe réveilleroit, & qu'au bruit des chaînes, que briſeroit la Liberté, les Miniſtres du Deſpotiſme fuiroient, frappés de la proſcription des Peuples,& couverts d'une infamie éternelle.

Rappellez-vous de ce jour à jamais mémorable dans les faſtes de la France ; la douzième heure ſonnoit, ſoudain un bruit ſourd ſe fait entendre & retentit juſques au fond de mon cachot. Les tubes d'airain tonnent & vomiſſent la mort. Je treſſaillis, le Grand Condé avoit aſſiégé autrefois cette Fortereſſe, des idées confuſes agitent mon eſprit, & l'eſpérance renaît dans mon cœur. Le bruit ceſſe,

& bientôt des chants de triomphe & d'allégresse viennent frapper mes oreilles. Les Soldats de la Liberté montent en foule, les portes de mon cachot s'ébranlent & tombent sous les coups redoublés des assaillans. Ils entrent: ô vous ! leur dis-je, qui que vous soyez, délivrez un vieillard infortuné, qui gémit dans les fers depuis plus de trente ans. Le saisissement que j'éprouvai ne me permit pas de rien dire davantage. On me fait sortir de mon cachot ; on m'apprend la révolution qui vient de s'opérer, & comment les Français sont devenus libres.

Un honnête Agent-de-Change se charge de moi, il me fait monter dans une voiture, & m'accompagne jusqu'à l'Hôtel-de-Ville. Une foule immense remplissoit la Place de Grêve, & demandoit à grands cris le traître Gouverneur. Il arrive, des cris de joie se font entendre, tout le monde veut le voir, & il n'est déjà plus ; il a reçu la juste punition de tous ses crimes. Bientôt Flesselle paie de sa tête sa lâche complaisance: il entretient une correspondance avec nos ennemis, & de concert avec eux, il veut amuser les Citoyens jusqu'au moment terrible, où l'armée combinée devoit mettre en feu la Capitale. L'Ange tutélaire de la France n'a pas voulu que la Nation, la plus florissante du monde entier, restât en proie aux horreurs d'une guerre

civile ; n'a pas voulu que le père s'armât contre
le fils, & que les projets infernaux d'un prince,
maudit à jamais, & d'une femme fans pudeur euf-
fent un fuccès auffi barbare & auffi funefte.

L'exemple terrible de deux têtes coupables les
ont fait trembler ; ils ont fui, & la France a béni
le jour où fon fein n'a plus été fouillé de leur fi-
niftre préfence.

Pardon, généreux Français, pardon, fi je vous
rappelle des jours de fang & de malheurs ; pour
moi, le fouvenir m'en eft bien cher, puifque c'eft
à cette époque, à jamais mémorable, que ma liberté m'a été rendue. Je veux la célébrer à jamais:
oui, je veux que le quatorzième jour de Juillet
foit un jour de fête, & que les débris de ma for-
tune fervent à rendre tous les ans libres cinq Pri-
fonniers, qu'un engagement précipité auroit mis
dans les fers.

En relifant cet abrégé des maux que j'ai foufferts, je vois que j'ai omis une circonftance dans
l'interrogatoire que l'on me fit fubir lors de mon
entrée à la Baftille.

De Sartines, avant de m'interroger, commen-
ça par me dire, qu'il étoit bien malheureux pour
moi de me voir privé de ma liberté, à la fleur de
mon âge ; que, fans doute, j'avois des ennemis
fecrets, qui avoient fi bien épié ma conduite, que

rien de ce que j'avois fait & de ce que j'avois dit
ne leur étoit échappé, & qu'ainsi il me confeilloit
de ne cacher dans mes réponfes aucune de mes ac-
tions ; qu'on ne m'avoit fait arrêter que pour avoir
mon aveu, & qu'auffi-tôt que je l'aurois donné,
on ne tarderoit pas à me remettre en liberté.

Le perfide Interrogateur n'eut pas plutôt fait
briller à mes yeux un rayon d'efpérance, que j'a-
vouai tout ce qui me concernoit. Cet aveu ne fut
point fuffifant, il voulut connoître ceux qu'il ap-
pelloit mes Complices, Fauteurs & Adhérans.
Voyant que les promeffes qu'il me faifoit d'une liberté prochaine, ne produifoient fur moi aucun
effet, il me menaça de me jetter dans un cachot téné-
breux, où je n'aurois pour nourriture que du pain
& de l'eau, & de m'y faire refter pendant cent ans
s'il le falloit, fi je perfiftois dans mon obftination.
J'oppofai à toutes les rufes & feintes de mon Interrogateur, la fermeté d'un roc ; rien ne put m'en-
gager à manquer à ma parole, & à violer les loix
de l'honneur.

Confus & défefpéré de n'avoir pu découvrir ce
qu'il defiroit favoir, Sartines conféra un inftant
avec le Gouverneur, enfuite me fit reconduire
dans mon cachot.

Huit jours fe paffèrent, fans que j'entendiffe parler de rien ; le neuvième, je reçus la vifite du Gou-

verneur, qui, avec une apparence de douceur &
de bienveillance, me dit, qu'enfin, graces à ſes
ſoins & ſes ſollicitations, il étoit parvenu à me faire
rendre ma liberté ; & voilà, ajoutoit-il, la Lettre-
de-Cachet qui eſt levée, & la ſignature de Miniſtre,
qui en fait foi. Je crus, fort innocemment, que
le Gouverneur s'étoit véritablement employé pour
moi auprès des Supérieurs. Mon erreur étoit bien
grande, j'ignorois que cette tourbe infâme d'agens
miniſtériels ne faiſoient aucun ſcrupule de ſe ſer-
vir de toutes ſortes de moyens pour tromper
leurs malheureuſes victimes, & les faire tomber
dans leurs piéges.

Je m'épuiſois donc en remerciemens pour les
bontés de mon Hôte charitable. Ceſſez, me dit-il,
de me remercier, j'ai fait ce que j'ai dû, & vous
ne devez m'en avoir aucune obligation. Le Miniſtre a parlé au Roi en votre faveur, le Roi eſt
juſte & clément, il n'a pas balancé à me rendre
la liberté, à condition toutes fois que vous nom-
merez vos complices. Je vis alors la ruſe, & ne
pouvant retenir mon indignation, je lui dis : ſors,
malheureux, retourne vers tes ſemblables, & an-
nonces-leur que je ſouffrirai mille morts avant
d'être aſſez lâche pour devenir un vil dénon-
ciateur.

Ma réponſe déconcerta le Gouverneur, qui, en

sortant, me lança un regard foudroyant, & me dit:
malheureux, il te sied bien d'insulter & de braver
tes Maîtres ; vas, tu auras le tems de te repentir
de ton obstination & de ton insolence. Je ne fis pas
grande attention à ces paroles ; mais un séjour de
trente-deux ans dans un cachot m'a fait voir, mal-
heureusement, que sa prédiction n'avoit été que
trop accomplie.

Nation généreuse, vous avez voulu connoître
mes malheurs, ils vous intéresseront, j'en suis sûr,
votre cœur m'en est garant. Mes maux sont finis,
j'en rends graces à l'éternel ; ma captivité me pa-
roît un songe, & autant j'en ressentis jadis la ri-
gueur, autant aujourd'hui j'éprouve de douceur
à vivre à l'ombre des loix, & sous le règne d'un
Monarque auguste & chéri.

F I N.